Xiron Poetry Club

中国先锋诗歌地图

陕　　西　　卷

西毒何殇　主编

四川文艺出版社

重塑先锋精神，绘制崭新地图

——《中国先锋诗歌地图》首批五卷出版前言

里所 / "磨铁读诗会"主编

去年六七月份，由"磨铁读诗会"策划的"中国桂冠诗丛·第一辑"上市之后，沈浩波就和我说他想做一套按省份来编选的、能反映中国先锋诗歌地域生态的诗集。他的这一想法来自于在《新世纪诗典》上异军突起的广西诗人群，在广西诗人三个A不断地向《新世纪诗典》举荐之下，一群优秀而沉默的广西诗人浮出地表，展现出了广西先锋诗歌的真正实力。不仅仅是广西，在全国各地，那些沉默的优秀诗人都渐渐浮现出来，他们才代表着中国当代诗歌的真相。鉴于此，沈浩波与《新世纪诗典》主持人伊沙商议，决定策划一套《中国先锋诗歌地图》，首先出版五本，分别是北京卷、陕西卷、天津卷、广东卷和广西卷，为新世纪以来的中国先锋诗歌画一幅详尽的地图。

首批出版这五本先锋诗歌选，除了因为这五个省市的诗人于《新世纪诗典》上已经展现了强劲的整体实力，还因为在这五个省市都能找到最合适的主编人选。我们这次邀请的五位主编分别是：西娃、西毒何殇、君儿、湘莲子和三个A。邀请他们担任主编，一方面是对他们诗歌创作实力、先锋审美趣味和公信力的信任，另一方面，也考虑到他们都是最近几年越来越被所谓的诗坛重视的新一代实力诗人，代表着更新的诗人群体和视野。我们不希望永远将选编的权力用按资排辈的方式交给有老资格的“著名者”。

确定选题和主编之后，我们很快建了一个微信工作群，明确了编选细则，各位主编迅速展开工作。沈浩波和伊沙作为本套丛书的策划者均不干涉各卷主编的编选工作，在选稿上充分信任五位主编，完全采取“主编负责制”。事实证明，这五位诗人都完美地完成了选编工作，他们不仅有能力发现好诗、推举好诗人，更有魄力拒绝伪诗；同时他们还展现出了与本人的性格高度吻合的选稿特点。西娃的耿直、西毒何殇的严谨、君儿的稳重、湘莲子的认真、三个A的细致，他们五位的品格守住了这套诗集的价值标准：不以过往名气看待诗人，只凭近十年持续的创作；重视年轻诗人，广泛发掘新人的佳作；不固守某种单一的诗歌美学，在确保先锋性的前提下，博采众长。

“重塑先锋精神，为中国当代诗歌绘制崭新地图”，是我们出版这套诗集的初衷，这里所指的“先锋性”，除了这个词所特有的前沿、创新含义之外，我们还想扩大它的外延，将真诚、扎实作为我们考量和评价诗歌的标准。相对于空泛的抒情和叙述，我们提倡言之有物、带着生命温度的写作，我们期待在每一首入选的诗作中听到真实的人的心跳；相对于水分过大的词语堆积，我们提倡言之凿凿、精准的写作；相对于含混不清的故弄玄虚，我们提倡结结实实的诗意。总之，“先锋”不只是一种姿态或标签，它是一个不断变化和生长的概念，它更指诗人在自我的写作领地之上与个人生活短兵相接的气魄，指一种能将自己的生命、生活、人生与诗歌创作焊接在一起的能力。

经过近半年的组稿和选稿，2017年春节之后，各位主编陆续如约交稿。在上述组稿逻辑下，各位主编也有各自的编选方法。西娃一共阅读了一千多首诗，她说除却诗歌的先锋性，她选择诗歌的另外几个标准是：文本个性、好读、经得起读；西毒何殇交来的稿件质量最为整齐干净，他在对外公布的约稿函里写道，他所主编的陕西卷“与名气大小无关，与世俗身份无关，无题材限制，无风格限制……”，他还表示为强调公平性，他要求诗人们在投稿时不要发个人简介和照片；君儿则以“葵”同人群体为坐标，同时关注天津其他诗人的整体写作，将她所关注的先锋的、决绝的现代诗写作者都纳入到她的编选视野里；湘莲子希望读者能从广东诗人的作品中感受到“广东制造”这个坚硬的词语所包含的体温、脉搏和呼吸，这正和我们试图以诗歌为眼，探求地域文化内部的结构相契合；三个A想通过他的努力，选出一本能让人常读常新、经得起时间检验的诗集，他把很多充满生命能量的广西诗人推荐到我们的视野里，让我们对广西诗歌的写作生态有了更清晰的认知。

在五位主编选定书稿之后，“磨铁读诗会”编辑部在充分尊重主编的前提下，做了两轮编辑工作，第一轮是一首诗一首诗地过稿子，筛选出其中作品质量偏弱的篇目，建议主编删除或者替换。在经过各卷主编同意后，我们也整体删去了个别几位诗人的作品，因为就诗论诗，有些作品无法放进“先锋诗歌”这个范畴内讨论。

第二轮工作比较重要，那就是我们对每本诗集都做了章节分布整理。之前的工作完成了“选”诗，这一步工作才算是真正的“编排”，使每一本诗集都呈现为有特点、有立场的诗集。最先我们试图按诗人的出生年代来分辑，比如把60后诗人放在一起、把70后诗人放在一起，但很快就发现那种排法无形中掩没了很多诗人的特色，不足以突出最好、最有创作实力的诗人。最后，沈浩波建议我们使用现在的编排方法，即第一辑为我们特别推荐的诗人作品，以新世纪以来出现的80后、90后诗人为主，但也不完全局限于年轻诗人，更是以他们的作品是否给我们带来全新的感受为依据，因此部分从年龄来看并不年轻，但其诗歌却具备新意的诗人也得以进入本辑。另外也因为这些诗人为我们展现了“先锋性”在各个向度上的范式。在这一标准下，五本诗集的第一辑重点推荐诗人分别是——北京卷：莫小邪、吴雨伦、鬼鬼、里所、易小倩；陕西卷：艾蒿、第广龙、刘天雨、左右；天津卷：闫永敏、奂孚、马国语、张甫秋；广东卷：苇欢、卓仓果羌、杨叉、许立志、旻旻、阮雪芳；广西卷：刚子、蓝敏妮、荷说、蒋彩云。其中的大部分诗人为此前并不“著名”的80后和90后诗人，但他们却展现着中国当代先锋诗歌新的生机。

除了第一辑是在上述原则下进行编选的，每卷诗集的编排和分辑的逻辑均略有不同，有些是按美学倾向，个别是按出生年代，但只要读者仔细区分，还是可以看出我们在篇章分布上的用心，那就是希望比较客观和立体地呈现新世纪以来，这五个省市先锋诗人创作的不同风貌和可能性。另外特别要指出的是，我们在北京卷的最后设置了第五辑，特别推荐了已经八十岁高龄，但新世纪以来仍然不断写出重要作品的任洪渊先生，以此表达我们对他的敬意。

在北京卷、陕西卷、天津卷、广东卷、广西卷之后，新世纪以来的《中国先锋诗歌地图》会陆续推出其他省市的专属诗集，当然这还有待于各种时机的成熟，比如该省市的先锋诗歌整体写作实力是否足以支撑一本诗集，以及能否出现一个足以担当主编重任的诗人。这不是一件能够一蹴而就的工作，“磨铁读诗会”有足够的耐心，我们愿意做中国当代先锋诗歌的守护者和推进者，关照深广的社会现实，体察幽微的人性秘密，为中国的当代先锋诗歌，不断绘制崭新而精确的地图。

2017年6月20日

编选序言

西毒何殇

恰逢新诗百年之际，各种诗歌总结性选本层出不穷。可我一向认为这是编选家和研究者的事，跟我没有太大关系，所以当看到伊沙和沈浩波在网上邀我做本书主编时，我并没有立即回应，想了大约十分钟，才接了这个“大活儿”。如今，四个月过去，面对定稿，我依然清晰地记得自己当初的想法。

首先，本书时间框架限定为“新世纪”，也就是从2000年至2016年，这十七年，刚好是我个人诗歌写作的十七年，也是我亲身经历中国现代诗进程的十七年。不敢说自己掌握了诗歌内部演进的奥秘，但至少我目睹了这十七年里诗歌载体的变迁和大量汉语优秀诗人为现代诗发展所做出的努力、探索。

其次，本书的编选标准为“先锋”。先锋有没有绝对标准呢？有！但它不是一个阶段内的概念，而是一种在长期的探索中能够合理扩大的概念或手段。

本雅明说:“艺术的基本目的之一是要向时代提出一种要求,而时代总尚未成熟到可以满足这个要求。”所以,孤立地评判某个人的作品是不是先锋,没有意义,而是看其在所处的时代环境里,能否在导向功能的智性和问题症结的预见性方面,提供一种新的可能性或一个动机。作为一个有先锋追求的写作者,我能否以自己的标准编选一本纯粹的先锋诗选?我想试试。

再次,本书是系列丛书的“陕西卷”。坦白说,我虽身在陕西,却并没有本省意识,除有限的几个熟悉的朋友外,从未主动去了解省内其他诗人的创作情况。我是网络时代的诗人,网络无国界,当然更无省界,与诗人交流或交往,首先想到的是作品,而非地域。本系列丛书的策划,引发了我的好奇心,我很想知道诗有没有地域性,也想知道自己所在省的诗人,与其他省份的诗人有哪些异同。

最重要的原因,是伊沙持续六年的“新世纪诗典”给了我编选的底气。即使我没有能力去选一本好诗集,那么我至少可以把入选《新世纪诗典》的陕西诗人的作品做一个汇编,也足以完成任务了。

接受任务的四个月后的今天,我编完了本诗集。

本诗集共选取了三十一位陕西诗人的诗作,年代跨度为2000年至2016年的十七年。入选的作品,绝大部分都是从来稿中选出的，只有少部分，因其作者没有投稿，是我根据印象从入选“新世纪诗典”的作品中找到的，因本诗集属于“新世纪诗典”丛书的一本，所以我视所有入选过《新世纪诗典》的诗为已授权作品。

在编选过程中，本书策划沈浩波曾专门让伊沙带话，说只要有好诗，不拘于数量，可以多选。在我阅读了大量来稿后，给他回话说：“想多选也难！”如果是泛泛编选一本地方性诗选，并不难，先列出名单，根据名单去选诗，写得好的选三五首，写得一般的就选一两首，点、线、面都照顾到，你好我好大家好。可是，一旦拉起一条高标准的线，皆大欢喜的局面就一定不会出现。

我在约稿函里写道，“与名气大小无关，与世俗身份无关”，“无题材限制，无风格限制……特别强调作品的先锋性”，为强调公平性，我甚至要求在投稿时，不要发个人简介和照片。在对大量来稿的编选中，我认为我至少做到了自己的公平。我其实特别希望在那些陌生名字的来稿里，能看到激动人心之作，有没有呢？有，可是太少。直到我从近百份的来稿里，一首首选出我认为的好诗，汇编成文档，整理目录后，回看那些入选者的名字，竟然满目都是熟人，陌生者只有一二。尤为可惜的是，这些熟人，有个别人没有来稿，他们入选的作品，是我凭借记忆，自己在网上搜来的，还有些印象深刻的诗因找不到文字版，只好放弃。当然，投不投稿是个人的自由，我没有任何埋怨的意思，只是觉得太遗憾了。

直到本诗集定稿前的一刻，我还在反复阅读那些落选诗人的来稿，像农夫拿着耙子在地里来回翻找，希望通过三番五次的阅读，能找到那些因自己粗心而忽略的好诗，可是一无所获。与此相反，我对那些入选诗稿，也进行了一遍又一遍的检视，吹毛求疵，鸡蛋里挑骨头；而每次阅读，它们都能给予我不同程度的新鲜感，和不同角度的启示。

作为中国先锋诗歌的旗帜——伊沙，我初选了他新世纪的十七首作品，从2000年至2016年，每年一首。我相信严肃的写作者和读者，都能理解我如此选择的意义。一年一首，对伊沙来说，有多个选择方案，但对于大部分人来说，并没有那么简单，甚至可以说，是一件很困难的事。可是限于本书的篇幅，在初选的基础上，我忍痛删掉他七首诗，这是一个遗憾。

朱剑的好，近年来已经得到了行内广泛的公认，他的好诗有一个显著的特征——过目不忘。而且还是70后里名作最多的诗人之一，所以我要来了他更多的作品以供选择。

秦巴子堪称诗坛奇迹，他在20世纪90年代就已名满天下，可是相较于新世纪以来，具体到2010年以来的写作，他过去的成就，几乎可以忽略不计。他是真正敢于扔掉行李，重新上路的人，这在中国诗坛归来者傻×横行的路上，恐怕是独一份的。

艾蒿的创作量不算大，但他没有坏诗。我不敢说读过他所有的作品，但仅就读过的而言，每一首都在标准线以上。如此高的成活率，在我认识的诗人里，不多见。

相较于艾蒿的精致，王有尾就粗粝了许多。他不是那种把每一句每一词都打磨出光亮的诗人，在他的作品里，我们可以洞悉世相和生而为人之难。

黄海是有自己生态美学的诗人。如果你以为他只是个摆弄自己花园的园丁，那说明你还没走进他。只有受邀进入他的地盘，你才会发现，那里养着河马、猎豹和食人花。

李岩是陕西诗坛的异数，他生长在沙漠深处，戈壁滩上，用猛兽的喉音唱曲，所有的音调都像在磨牙。如果你仔细聆听，就能听到黄钟大吕的抒情正道。他是一个自我放逐的殿堂音乐家。

刘天雨是最后一位投稿的诗人。他一再说，不知道该选哪些诗，我理解他的选择障碍，因为我也是这样，尤其是在自己写作状态不好时，投稿是一件困难的事。所幸，他已经写出过《喜羊羊和灰太狼》这样的佳作。

第广龙是我在选稿过程中，主动又约了一次稿的诗人，因为他的《听我朗诵惠特曼》是我事先就定好的必选之作。

另一首事先确定的必选之作，就是景斌的《敌营长》。这首诗彻底颠覆了我对景斌诗歌的印象，正如伊沙所说，本诗有“无声的惊雷”。

左右的实力毋庸置疑。短短几年内，他的作品以迅雷之势全面征服了官方、学院和民间诗坛。他的内心强大而坚定，可以把那些自以为是、热衷于传经布道的人给逼疯气死，因为他不听。

袁源是我的大学师弟。他第一次来稿我只选出两首，我告诉他后，他又来了一组，我又选出两首。临定稿时，我决定收入他的《饥饿史》，希望他能把自己实验性的这一面延展下去。

蛮蛮还在读书，她的《赫本是个好姑娘》获得过全国高校征文一等奖。她发来的一组诗里，处处见才华，而且她知道自己要写什么，这很重要。

在没看白立的来稿之前，我就知道该选他哪几首，果然，一首不落，一首不多。白立是敢在诗里把自己“卖了”的那种人，我很喜欢他。

知道李卫华是因为艾蒿的推荐。读过李卫华的诗后，我和艾蒿一样激动，我无法理解，一个刚刚接触现代诗半年的人，是如何写出《藏地密码》这样的作品的。

笨笨.S.K、程涛和无用是从“新世纪诗典”走出来的诗人。在此之前，他们在各自的领域已经有了相当的成就，却没机会也没可能与广泛的诗坛发生任何关系。入选“新世纪诗典”，在某种程度上相当于“授勋”，把作品推到读者面前，让他们获得自己该得的认可。

我一直没等到叶子的来稿，但他的《血社火》也是我的必选之诗，我就自己找来了。另外，《案底》等几首我也喜欢，可惜初选时找不到文字版，几乎就要放弃了，可我最后还是舍不得，只好又在网上找来图片版本，亲手一字一句把诗敲进本书。

芽子在初选时我专门约过稿，但她和叶子一样，也没有来稿。后来在“长安诗歌节”上遇到她，说起此事，她才说自己因为出远门忘了投。在定稿的前几天，她发来了一组，果然有佳作，幸好没遗珠。

刘亚丽的作品我读得并不多，却很喜欢，她诗里的明媚、清晰和从容，在其他女诗人那里很少见。我选了她的《我有什么地方打动了你》和另外一首。

阎安写的是另一路诗。对这种诗我把握不准，所以读得特别细致，我担心的是那种在宏大气场里自我陶醉的情怀失控，看来我的担心多余了，他的诗冷峻而结实，像一块方石。

刘斌似乎把更多的力道用在写小说上了。他虽然是90后，但在诗上一点都看不出来，情感过于克制，少了生命的激情。

李海泉以娃哈哈的笔名投稿。他也是约稿函发布后，第一个来稿的人，我以为是个不认识的新人，所以读到他的好诗，特别惊喜；并期待接下来会有更多的惊喜，我想多了。

魏娜的写作不算成熟，但在她诗里呈现出的女性现代性的一面，在陕西这个地方，异常需要。

锤子《打死她》入选的唯一原因，就是其在某一向度上的先锋性。他的来稿里，有近似这种风格的好几首，都很有意思，但就是因为过于近似，没法选。

罗至和尚飞鹏的两首作品，都入选过《新世纪诗典》，各有风格，属于单首吸引我的佳作，当选。

这本诗集约稿时，廖兵坤还在陕西，定稿后他就毕业去了重庆。我读过他一整本诗集，他是个很有才华的人，而且也找到了自己的路，相信他以后会越写越好。

作为最后一个入选者，吴冕是沈浩波在微信上推荐给我的。我读了之后，才知道他已经来过稿了，可是在他发来的那组诗里，我并没有选中。但在浩波推荐来的这组里，一首《骨头》写得颇为老辣，恭喜入选。

其实我无意把这个序写这么长，只是想把自己的编选过程和心理分享一下。如今，本书已定稿，不可避免，它肯定会有这样或那样的遗憾和缺陷，但我还记得自己为什么要接下这个“大活儿”。我不说“不忘初心，方得始终”这样的话，只是希望在某种程度上，能让大家看到在大红大黄以外的其他颜色的陕西诗歌。

本书不是为展示生态多样化的，而是用来提升陕西诗歌颜值的。

2016年8月1日于西安

目录

第四辑 / 失恋的鸽子

第一辑 / 声音没有颜色如同黑暗

艾　蒿

1982出生于陕西汉中，现居西安。1999年开始诗歌创作，诗歌作品曾入选《被遗忘的经典诗歌》《新世纪诗典》《葵》《新大陆诗刊》（美国）、《新西兰诗歌》《中国口语诗选》《当代诗经》等刊物。2010年与秦巴子、伊沙等六位诗人共同发起“长安诗歌节”，2016年担任“长安诗歌节”轮值主席。

蛛网

无一例外
那些会飞的昆虫
被缠住以后
蜘蛛会
吃光它们的所有
但总会
留下翅膀

节日

一切
准备就绪
只有
马路边
一个乞丐
还躺在
城市供暖的
井盖上
解冻

和平年代的战争英雄

你没有钱
但必须得买房
最终选择了
靠近兵工厂的
一家楼盘
心想这里是
国家重地
图到了便宜
和安全
住进去才发现
这里每天不定时地
做爆破实验
就像身处战场
家人总在
一声巨响过后
才开始喊
开炮
直到有一天
炮弹震坏了你家玻璃
屋顶的铝扣板

和家具
砸在你的身上
躺在医院
变成真正的伤员
但奇怪的是
你并不能退役
甚至没有英雄奖章

布满钉子的木板

我们用
两个月的时间
装修好店面
却只用了两个小时
把这些柜子砸掉
这还不是
最棘手的问题
深夜两点
我们骑着高过头顶
装满木板碎屑的
电动三轮车
全城找不到一个
倒垃圾的地方
最后总算
遇到一个正拆迁的
城中村
我们悄无声息地
把这些木板
倒进一间
只剩下一面墙的

屋里
我被其中一块
木板的钉子
不小心
剐破了手指

复杂心理

老外
是美国人
给了一个小孩
一块钱
另一个小孩
跑过来
老外
再给一块
一群小孩
跑过来
显然
老外要
好人做到底
这件事
看得我有点
心理复杂
我也想
上去
要一块钱
甚至

想带领周围的
所有人
上去
要一块钱

他们都不说话

养一只乌龟它寂寞
养两只乌龟我寂寞

童年

十二岁的我
和爸爸打完乒乓球
五盘皆输
而我最
恨的是
爸爸那句话——
胜利
是属于你的

麦子成熟的季节

麦子成熟的季节
到处金黄一片
所有的人都累得
睡着了
小梅提着一个篮子
把每个人的手都折下来
放了进去
没一个人醒来
麦子成熟的季节
放眼望去
到处都是收获的味道

小时候

离鞭炮最近
最安全的
是另一只鞭炮
从声音可以判断出
大的是家长
而小的
早已按捺不住
他们从父亲
和母亲那里
只用几秒钟的时间
就学会了爆炸
但总有异类
他们不肯爆炸
一定要等我
捡起来的时候
才敞开胸怀
心花怒放得就像
找到了朋友

第广龙

1963年生于甘肃平凉，现居西安。喜欢诗，爱走路。已结集出版六部诗集、八部散文集。

听我朗诵惠特曼

我热爱诗歌，惠特曼大胡子
用来生产，文字的风暴
啤酒肚，可以超强度发音
这是我迷恋的形象，在野性的井队
洗净油污的双手，我把一本《草叶集》翻烂
也会独自一人，用普通话大声朗诵
惊飞一群柳树上的麻雀，孤寂的大山里
只有冷表情的井架，是最忠实的听众
有时会晃动着身子，为我叫好
一些老工人知道我有这个特长，会让我朗诵一段

像听戏，看热闹一样，大家很高兴
冬夜，《船长》从头顶的星河里驶过
活动房组成的狭小的营地，似乎也在太空来去
而一首《我歌唱带电的肉体》，听着最过瘾
里头的词和句子，好懂，也能激发联想
有的人，睡下后可以在被窝里手淫了
都是受苦的人，出死力气的人
都感到奇怪又能够接受，我这个
在值班报表上写写画画的青年，多年后
他们还会对儿女说起，有个疯子
喜欢大声念诗，跟秦腔的调子差不多
这话，当时就在我背后说过
当时我就没有在意，搬铁疙瘩的黑日子
磨损着我，我的心，和他们一样粗糙
一样经得起摔打，惠特曼陪伴了我
也能给大山里的一帮粗人，带来阵阵笑声
惠特曼就是个好人

我害怕的是人

黎明前，早起锻炼的我
有时，会遇见流浪猫
远远看见我，加速穿过马路
钻进了篱笆，流浪狗也遇见过
远远地，我放慢了步子
我从小就怕狗，而流浪狗
也小跑着，跑到墙背后去了
多数情况下，都是我一个在走
空荡荡的街上，我时常回过头
看一看身后，我看见的
虽然是我的影子，有时
竟然也让我心惊

上午和下午

朋友的岳父去世了，上午
参加葬礼，点纸，上香，磕头
在哀乐声中，我的心里
产生了微微的忧伤

一部喜剧片上映了，下午
我喝饮料，吃爆米花，跷二郎腿
随着剧情发展，剧场笑声一片
我也笑个不停

我已经把上午的事情忘了
第二天，我把看电影的事情也忘了

过了几天，朋友回请叫吃饭
我才记起，他的岳父去世
我去祭奠过

又过了几天，我换洗衣服
发现了口袋里的电影票
才回忆起看过一场电影

糖饼

下雨打钟，和尚坐功
寺庙在光头上打滑
菜地里，韭菜长一寸
三个水桶，两个有洞
剩下一个，吃糖饼

从前有座山
山上有座庙
庙里有个和尚
吃糖饼

肺鱼

我吞下肺鱼
我吞不下黑非洲
吞不下黑非洲的沼泽
沼泽干涸之后
肺鱼凝固在淤泥里
雨季到来
肺鱼种子那样苏醒
黑非洲的肺鱼
沼泽的肺鱼
是标本，也是活体
刚露出水面
大嘴的鲸头鹳
吞下肺鱼
我吞不下黑非洲
吞不下黑非洲的沼泽
我吞下鲸头鹳
排光空气
我的翅膀在飞行中消失
被印度洋吞下

弯曲

人一辈子
两头弯曲
出生前，死后
头和脚挨着

出生前在子宫里
是温暖的
死后在棺材里
是冰凉的

中间这一段，要舒展
却常常直不起腰
常常弯曲着
在有些岁月里
弯曲得更严重

刘天雨

生于1983年1月1日，陕西榆林人，在毛乌素沙漠中度过童年。2005年年末开始诗歌写作，有诗歌入选《新世纪诗典》《中国口语诗选》等。“长安诗歌节”唐名人堂成员，“沙漠之花”诗会首任主席。现为基层派出所民警。著有诗集《肉身成佛》。

升级

过去我养的小狗
叫匕首

现在我养的小狗
叫手枪

如果将来再养一只小狗

我就叫它原子弹

我说原子弹乖乖过来抱一下
它就果然乖乖地让我抱不但让我抱还用舌头舔我的脸

喜羊羊与灰太狼

“到那屋
写作业去”
看儿子嘟囔着嘴
走进里屋
她锁上门
不好意思
笑笑
“孩子不听话
不好好学习
就知道玩”
说着
开始脱衣服
“有点乱
你别介意”
她麻利地将
散落一床的杂物
堆在一边
“一个女人带个孩子
总是这样”
闭上眼睛躺下

她又像
想起什么
“要带套吗
放心
我是干净的”
做到一半
里屋电视
传来歌声
“别看我只是一只羊
绿草因为我变得更香……”
“关电视写作业
王八蛋小兔崽子！”
她欠起身喊
又满脸歉意躺下
“不好意思
你继续”

线人

我有一个线人
没见过面
不知姓名
只有电话
他经常给我提供
一些价值不大的线索
比如赌博
往往夸大其词
在我通讯录里
他的名字
被一个“线”字代替
这天手机微信
突然提示
您通讯录里的“线”
开通了微信
叫张斌要幸福
点开一看
还有一张
龇牙咧嘴的自拍照

监控探头

在一个地方等人
头顶上方有两只眼睛
黏在我背上
跟着我来回走

我抬头看它们
它们也停下来
居高临下
盯着我

我躲在一个死角
偷偷观察
它们四处转动
找不到人
就互相监视起来

变成了
斗鸡眼

星空下

一些形状各异的星星
画在纸上
星空下一群孩子在玩耍
儿子画完后
跑出去玩了
他爸看了又看
忍不住
拿起红色彩笔
将所有的星星
修改成五角星

失眠者之歌

心脏跳动的声音
血液顺着管道流动的声音
头发拔节生长的声音
眼睫毛互相碰撞的声音
气流出入鼻孔的声音
肠胃蠕动的声音
膀胱中水晃动的声音
一根压弯的汗毛弹起的声音
电风扇呼呼转动的声音
饮水机定时烧水的声音
水龙头干哑的声音
静电躁动的声音
床头闹钟咔咔走动的声音
床板呻吟的声音
塑料拖鞋被压扁的身体慢慢鼓起的声音
角落深处两只蟑螂窃窃私语的声音
窗帘微微摆动的声音
车灯透过窗户落地的声音
汽车更换挡位的声音
引擎轰鸣的声音

橡胶轮胎飞速辗过地面的声音
卷起的尘埃在空气中撞击的声音
花木伸懒腰的声音
路灯忽明忽灭的声音
夜虫扇动翅膀的声音
睡在街角的流浪汉梦呓的声音
一个人冲着墙根撒尿的声音
一只野猫踮着脚走过垃圾箱的声音
从遥远的地方传来来历不明的声音
云在夜空中流动的声音
星星像一窝挤挤挨挨的甲虫
盔甲相互摩擦的声音
以及这一切都无法掩盖的
黑夜在反刍白天吞食的生命的声音

催眠曲

对付经常性的失眠
我需要一点音乐
这是属于我自己的经验
我试过轻音乐
试过流行歌
试过暴躁的摇滚乐

昨晚我突发奇想
放了首哀乐

还真管用
睡得跟死了似的

左　右

1988年生于陕西商洛，“长安诗歌节”同人。2016年参加诗刊社第三十二届“青春诗会”。出版有诗集五部。

聋子

声音有没有颜色如同黑暗
声音有没有味道如同酸涩
声音有没有梦想犹如三天光明

声音有没有冷暖
声音有没有最初的爱

声音在哪里出生的呢，请你告诉我
我想在我的耳朵里也怀孕一些声音
我想在我的意识里也制造一些声源

我想将自己出卖给一个懂得声音的精灵
请你告诉我，外面的世界是不是喧嚣的

昨夜地震了，我没听见妈妈最轻微的哭泣
我最想要的答案
我想做一个能听见声音的聋子

我是多么想听见那些该死的声音

失聪二十年
从未戴过助听器
几日前，由妹妹陪同
去民乐园科林助听器店测试听力
久对声音麻木
已经不知声音为何物
当助听器内发出一阵刺耳的声响时
我误以为，我听见了声音
激动得抱住妹妹
测试员说：别急，那只是震动

赐我以名，又立我以誉的那个人

在任何地方，别人多称我左右
但在我们村，村人总喊我左聋子
对于这个村里的俗称，我习惯了
并以微笑回应他们
我们一家人也习以为常，并将它当作
村里人友好的象征
但有一次，村里的人办婚礼
有一个小孩在很多人面前
冲我大喊：左聋子，左聋子
父亲听后火气很大，愤然走过去
将那个小孩狠狠抓住
扔进水沟里
父亲头也不回地离开了
这个场面，镇住了在座的所有人
自那以后，很少有人那样喊我了

差一点

刚打开我的耳膜不久，耳朵里的声音就没了
刚打开我的声带不久，嘴巴里的声音也就没了

差这么一点点，就能听到童年最美的声音了
差这么一点点，就能说出最想说的一句话了

我一生下来，还没有准备把命运的喉音听清楚
还没有把壮丽的一生说完整

差一点，还把学业、事业和爱情搭进去

这一生，我耳门上的瞳孔和声门上的复眼
紧紧关闭，死不瞑目

回声

有人敲门
我小跑过去，但是没有人

有人喊我
我不敢回头，也从未回

我的身体里养了一只很大的兽
每一天躲在声门的后面，阳光绑着我

声波有时很像我大伯心情不好时，吸着的烟斗
它会驾驶蜻蜓，从另一个世界来陪我

很想知道谁在说话。此刻又有人
从屋顶落下内心空虚的砖瓦和灰尘

我瞥见一只老鼠在燕窝外，深情回味
一只母猫“嗷嗷”的叫声

命

我挖了一个坑。挖了一会儿
看着它
又把它埋上。我为命运埋下的纸钱
没有人会知道

第二辑 / 可爱的灵魂

伊　沙

原名吴文健。诗人、作家、批评家、翻译家、编选家。1966年生于四川成都。1989年毕业于北京师范大学中文系。现于西安外国语大学中文学院任教。出版著、译、编八十余部作品。获美国亨利·鲁斯基金会中文诗歌奖金、韩国“亚洲诗人奖”以及国内数十项诗歌奖项。应邀出席包括荷兰“奈舍国际诗歌节”、“鹿特丹诗歌节”在内的国内外众多诗歌节。美国佛蒙特创作中心驻站作家。曾率《新世纪诗典》诗人赴越南、泰国、马来西亚、新加坡、韩国等地举办诗歌活动。

鸽子

在我平视的远景里
一只白色的鸽子

穿过冲天大火
继续在飞
飞成一只黑鸟
也许只是它的影子
它的灵魂
在飞　也许灰烬
也会保持鸽子的形状
依旧高飞

9·11心理报告

第1秒钟目瞪口呆
第2秒钟呆若木鸡
第3秒钟将信将疑
第4秒钟确信无疑
第5秒钟隔岸观火
第6秒钟幸灾乐祸
第7秒钟口称复仇
第8秒钟崇拜歹徒
第9秒钟感叹信仰
第10秒钟猛然记起
我的胞妹
就住在纽约
急拨电话
要国际长途
未通
扑向电脑
上网
发伊妹儿
敲字
手指发抖

“妹子，妹子
你还活着吗?
老哥快要急死了！”

放下了

看见雪山我没有放下
那处女一样的雪山
也没能让我放下
看见黄河我没有放下
天下黄河青海清了
也没能让我放下
放不下
放不下
塔尔寺里有一千盏
酥油灯的神圣
一名紫红大袍的藏僧
抡动着肌肉饱满的大臂
鼓声滚滚而来
震破我缺氧的
心以及灵魂
我还是放不下
只是——
当我结束了此次远行
回到家中
手中的圆珠笔

在笔记本里追踪着
这首诗的时候
一切都放下了
该放下的
和不该放下的
通通被我放下了

吉隆坡云顶赌城联想

地球毁灭了
人类移居外星球
我是幸运的
最后一批撤离者
当我们到达那里的时候
发现先我们到达的人们
住在一座超级大赌城里
有人朝篮筐里
投掷地球仪
我告诉他们地球
已经毁灭的消息
他们哈哈大笑
弹冠相庆
原来所有的人
都为地球——
他们家园的
毁灭下了注
现在他们赌赢了

中国人的清明节

也许是因为没有
站在上帝面前的习惯
我们也就不会
站在死者墓前
垂首默哀
念念有词

哦！这就是我们中国人
我不骄傲
但很自在
清明节这天
雨过天晴
我和我的家人
围坐在
庭院一般的
先祖的墓园里
就像在家庭的晚宴上
那样正常地说话
仿佛他们都还活着
听得见

并且以沉默作答
献上的供果
最后被孩子吃掉了
据说这会有福的

清明
对我们中国人来说
是用来郊游和踏青的
春天的节日
和漫山遍野的
鬼魂一起

春天的乳房劫

在被推进手术室之前
你躺在运送你的床上
对自己最好的女友说
“如果我醒来的时候
这两个宝贝没了
那就是得了癌”
你一边说，一边用两手
在自己的胸前比画着

对于我——你的丈夫
你却什么都没说
你明知道这个字
是必须由我来签的
你是相信我所做出的
任何一种决定吗
包括签字同意
割除你美丽的乳房

我忽然感到
这个春天过不去了

我怕万一的事发生
怕老天爷突然翻脸
我在心里头已经无数次
给它跪下了跪下了
请它拿走我的一切
留下我老婆的乳房

我站在手术室外
等待裁决
度秒如年
一个不识字的农民
一把拉住了我
让我代他签字
被我严词拒绝

这位农民老哥
忽然想起
他其实会写自个儿的名字
问题便得以解决
于是他的老婆
就成了一个
没有乳房的女人

亲爱的，其实
在你去做术前定位的
昨天下午
当换药室的门无故洞开
我一眼瞧见了两个
被切除掉双乳的女人
医生正在给她们换药
我觉得她们仍然很美
那是我已经做好了准备

菩萨：觉悟的众生

南岳深处
九峰之间
莲花掌心
广济禅寺
明月高悬
夜阑人未静
到此修炼一昼夜的
六十名骚客
六十名菩萨
分居于客房
尚未歇息
各忙其事
露台上人最多
十个菩萨
一边吸烟
一边争论
担当还是不
其中一位
来自广西的男菩萨
刚刚谴责过一位

北京来的女菩萨
穿得太少
袒肩露背
刚巧对方是名
在家居士
真觉得自己错了
去找法师认错
这就错上加错
或许原本无错
现在错了
她在第二天
惩罚了自己
足蹬高跟鞋
登上衡山顶
像一场自虐的酷刑
广西男菩萨
因此变得臭不可闻
再也无人搭理
就在这十名菩萨
正在争论的时候
有个湖南菩萨
来到寺院中间
唱起了山歌

呕哑嘲哳难为听
在会上
他老想用其破嗓子
呼喊革命口号
可疑的人
醉翁之意岂在诗
有两个河南菩萨
偷偷溜出寺门
在伸手不见五指的山路上
向上爬了三百米
摸到一家事先打探好的农家乐
酒肉穿肠过
煮酒论狗熊
醉眼看江湖
凌晨五点方才归来
进院后得见
一个广东菩萨
和一个四川菩萨
沿着走廊
来回踱步
忧虑现代诗歌的现在
畅想中国文化的未来
像是一场思想秀

搞得众菩萨中神经衰弱者
迟迟睡不着
在某间客房之内
一个陕西菩萨
在对一个山东菩萨
和一个天津菩萨
大讲诗坛八卦
江湖趣闻
神乎其神
他在睡前沐浴时
在卫生间里
见缝插针
干了一件
不可告人的小坏事
阿弥陀佛
这天晚上
有八个菩萨在磨牙
有十八个菩萨在说梦话
有二十八个菩萨在打呼噜
全体菩萨被蚊虫叮咬
蚊虫也是菩萨
另有三个菩萨
私自服下安眠药

其中一个女菩萨
吃了药还睡不着
开始默诵《心经》:
“观自在菩萨,
行深般若波罗蜜多时,
照见五蕴皆空,
度一切苦厄。
舍利子,
色不异空,
空不异色,
色即是空,
空即是色……”

事实的诗意

三八线
不是一条线
它有四公里宽
南北朝鲜划定的
非军事区
六十年过去了
成为世界上
最成功的动物保护区

人民

下午散步时间
我从丰庆公园东门
走出
看见马路边有个少妇
支在单车上打手机：
“喂，陈园长
你只要把我娃收了
我在五万赞助费之外
再给你个人一万块
咋样？……”
在其身后
单车后座上
坐着一个
三四岁的小男孩
我沿路向前走出
一段路之后
在夏日午后
暴晒的阳光下
有点想哭
不是出于心有感动

而是因为不为所动
见惯不惊
习以为常
我想向我也身在其中
逆来顺受忍辱负重的
伟大人民
致敬

重回鲸鱼沟

整整三十年过去
我忽然回到这里
回到高考那年的夏天
我和几个中学同学
一起游过泳的
鲸鱼沟

墨绿色的深潭
潭边山坡上
那一片北方罕见的竹林
甚至于头顶上的
蓝天白云
依旧
只是那一条
一路跟着我的黄裙子
早已不见
“我的青春小鸟一去不回来”

三十年过去了
那一直飘荡在我心中的

竹林间的黄裙子
像一面风信旗
唤醒我:
“你是否也同样珍爱着
那些追随你一路前行的
可爱的灵魂？”

朱　剑

男，1975年生，诗人，“长安诗歌节”同人，后口语写作的推崇者和实践者，著有诗集《陀螺》《弹弓和原子弹》，曾获“新世纪诗典·李白诗歌奖”、“王维诗歌奖”和“秦岭文学奖”。湖南益阳人，现居西安。

回家

对面阳台挂满腊肉

一个人
坐在肉丛中

读书

磷火

路经坟场
看见磷火闪烁
朋友说，这是
骨头在发光

是不是
每个人的骨头里
都有一盏
高贵的灯

许多人屈辱地
活了一辈子
死后，才把灯
点亮

开网店的朋友送我一把弹弓一直没用

从三十三楼我家阳台
我看到的鸟儿
与我小时候
用自制木弹弓
打下来的
完全不一样
不是飞在空中
而是从我脚底
低低掠过
眯眼望去
只能看见鸟背
背后开枪
不是好汉

杯子

在失手打碎
这只杯子之前
我似乎预感到了
它会被打碎
看着它从桌上
坠落到地面
杯口张开的样子
仿佛有话要说
我觉得它
也有预感

南京大屠杀

墙上
密密麻麻写满
成千上万
死难者的名字

我看了一眼
只看了一眼
就决定离开
头也不回地离开

因为我看到了
一位朋友的名字
当然我知道
只是重名

几乎可以确定
只要再看第二眼
我就会看见
自己的名字

人工流产

我带女友去一家私人诊所
把孩子做掉
一间破旧的房子
一张桌子
一张肮脏的床
外加女医生的一双白眼
女友在床上喊疼
茶壶里茶水沸腾得欢叫

不知过了多久
医生端了一盆血水出去
女友说
这是我们的亲骨肉呢
我说是啊
她又说
是我们合伙谋杀了他呢
我说是啊
我们的虚弱的声音
像伤了翅膀的鸟
在房子里低低地飞

然而亲爱的
这一切罪恶
只在于我们
生而为人
假如我们是大熊猫
假如你能在婚前
怀上十胞胎
一定能成为
民族英雄

位置

我请教导演
怎样才能当好一名群众演员
把背影也演出生动的表情
他说：你还不知道吗
群众的表情
就是背影

菜市场逸事

我决定以后
再也不去那个菜市场

当我得知那儿
从前是一个刑场

阳光在刀尖
跳跃

“咔嚓”一声
头落地

其实是一颗
鱼头

我抬手摸摸
脑后脖子

同学

他是我高中同学
高二辍学后倒腾过
养鱼贩鱼等买卖
前年因打架伤人被判
不久前才出来

饭桌上他给我讲监狱故事
还不忘和上菜的女服务员
时不时调侃几句
他说起他的狱友时
一口一声我的同学

秦巴子

诗人、作家、杂志编辑。1960年生于陕西，现居西安。著有诗集、长篇小说、短篇小说集、随笔集和文化批评集二十余部，主编有《被遗忘的经典小说》(三卷)等。

呐喊

每天放学以后
就有一个声音
在楼下喊
如果是星期天
他几乎要喊
整整一个下午
一声接一声
喊一个人的名字
开始很激越

然后有些不耐烦
到最后声嘶力竭
几乎绝望
王！梅！梅！
下来玩！
声音在楼与楼之间回荡
但是很少有人回应
我从窗户里往下看
王梅梅并没有出现
一个小男孩
站在垃圾筒边
踢着一只易拉罐
仍在低声念叨着
王梅梅
下来玩

神迹

每天合上笔记本电脑时
黑色外壳上吸附的微尘
都会构成一个隐约图案
那是当日
停留时间最长的页面
写小说的日子图案像沙漠
写诗的日子图案是梯田
看股票久了图案像K线
我不玩游戏，很少看电影
有时候会长时间欣赏美女
图案就变成骷髅似的
人体X光片

旗手

从小我就知道
彩旗里没有黑旗和白旗
黑旗代表黑暗和敌人
白旗代表投降
其他那些颜色的旗子
代表什么
我并不清楚
但我乐意成为旗手
只要能够举着旗子
站在队伍里
无论什么颜色
似乎都能把我代表

邻居间的意识形态

楼下的新住户
在天花板上打电钻
我脚下的地板在抖
感觉像是地震
我跑下去敲门
我说楼都要震塌了
楼下说不会
后来我家水管爆裂
水流满地
楼下的上来敲门
说他家里在下雨
我也说不会
并且指指窗外的蓝天

红灯记

超市水果区灯是红的
肉店里面的灯是红的
巷子里的露天夜市
家家头上挂红灯
颁奖礼上的追光灯是红的
手捧奖状站在舞台中央的家伙
他可真是个红人啊
红得就像在暗室里工作
我以前在工厂干活儿
电力不足的时候
灯泡就会变红
师傅说：把螺丝拧紧！

牙

教政治的李老师
长着一口好牙齿
洁白
整齐
绵密
像他讲课一样
迷人
莫测
有深度
五十多岁仍然
让女学生敬仰
令女同事着迷
但他不玩暧昧
严肃如政治课
纯洁似白牙齿
李老师把优雅
保持到了退休
女崇拜者去探望
看到他的脸瘪得
就像老去的女特务

感到异常吃惊
但李老师很淡定
从容地戴上假牙
从容地开口
说刚刚在午休
拿掉了
睡觉更舒服

朗诵

一个人
望着右前三十度高处
深情地“啊”了一声
那里飘过一片云
然后一个人转头
看着左下十五度的地方
深情地“啊”了一声
那里是一片黑压压的观众
一个人缓缓抬头
平视前方
张开双臂作展翅状
深吸一口气
拖着长长的尾音
“啊——”了一声
挂着摄影机的钢铁摇臂
像长颈鹿的脖子一般伸过来了
一个人“啊啊啊”了一会儿
鞠了三个躬
下去了

马

今天我看见一匹马
在街边停车位上
安静地站着
就像前面和后面
已经熄火的汽车
我走过去
拍拍马的脖子
它没有任何反应
甚至懒得看我一眼
它显然已经不再等待骑手
而我久久不肯离去
我意识到
是我在等

超现实之疯人院中的希特勒

每天都要找到一些敌人
无论你是犹太人
或者你是印度人
每天都要构思一些敌人
东边是可恨的波兰苏联
西边是可疑的法国英国
每天都要造出一些敌人
这一刻是匪兵甲
下一刻是匪兵乙
每天都要干掉一些敌人
今天是元帅隆美尔
明天是爱娃大美人

王有尾

诗人，小说家。1979年生，山东东明人，现居西安。“长安诗歌节”发起人，首届“新世纪诗典·李白诗歌奖”获得者，后口语写作代表诗人，曾出版诗集《怀孕的女鬼》，合著诗集《在长安》，短篇小说集《十戒》。部分作品被译为英文、德文、韩文、日文。

酒鬼的早餐

凌晨三点
走在踉跄的小区
我看见一只狗
夹着尾巴
嘴贴着地面
我把肉夹馍
扔给它

它却“嗖”的一下
跑了！
我骂了一句
“狗咬吕洞宾”
又弯腰捡起
那个肉夹馍
把它扔进垃圾箱
才想起那是
我为自己准备的
早餐

怀孕的女鬼

闲来无事
游逛着
来到万寿陵
这里真安静
墓碑挨着墓碑
有名字的　没名字的
散在刚长出来的草丛里
一位怀孕的母亲
走在尘土微扬的小道上
见我过来
瞥了我一眼
走出老远
我猛一回头
她下意识地
摸了摸自己
已经隆起的肚子
等我再回头时
就只看见
墓碑挨着墓碑

木鱼

第一夜的木鱼
害得我凌晨时分
才睡着
我问出家的朋友
你们夜里敲什么木鱼
他说哪有

第二夜的木鱼
敲了有三百多下
就没了动静
我问出家的朋友
你们夜里敲什么木鱼
他说哪里有
肯定是你幻听了

第三夜的木鱼
始终没有敲
害得我半夜没睡着
我问出家的朋友
你们的木鱼怎么不敲了

他说哪有
他们从来不在夜里
敲木鱼

咱村里就没有不会划拳的

刚到家时
村里人喊我喝酒
都很客气
但劝酒劝得很厉害
还没过两天
就教我划拳
我推脱说不会
“咱村里就没有不会划拳的。”
邻居二大爷说
我就开始学划拳
后来还赢了几拳
“这就对了嘛！
咱村里就没有不会划拳的。”
已经喝酒中风半年
神奇恢复的二大爷
说这么长的一句话
累得口水都流了下来

马

五岁那年
我从马背上摔下来
一匹老马
干了一天的活儿
脾气变得异常暴躁

二十五岁那年
我从马背上摔下来
在巴里坤草原
那匹马脱缰之后
撒欢地跑向远处的马群

今年我三十五岁
又从马背上摔下来
身子变得，空虚无比
那匹马愤怒地撇下我
游向梦中的深海

失语者

失语者再也说不出
那些熟悉的话
他从堂屋走进庭院
院子里的杏子还绿
枣树已经几年不结了
那棵雪梨树倒是挺旺
这些都是七年前
他的三儿子种下的
但此刻他再也说不出
那些熟悉的话
“咿咿咿！呀呀呀！”
他看见飞鸟掠过屋顶
看见羊群跑进麦田
失语者我的老爹
正满院子寻找
他不小心丢失的音节

风雪中，父亲……

风雪中
一个酷似父亲的人
欲行又止

我跟上前
用手掸去
他身上的风雪
却只见一副白骨

他轻轻
动了一下颌骨
有一片雪花
从其间落下
像极了父亲
吃馒头时
从嘴角掉落的
馍渣儿

这个该死的冬天

三楼老太太预言
小区里至少
会有六个人被撂倒
在这个冬天
她说撂倒一个少一个
只要能凑够六个
今年就不会摊上她
昨天她站在楼梯上
高兴地和我打招呼
并伸出五个手指头
我知道她的意思
已经五个了
她迈起轻松的脚步
消失在楼梯拐角
离这个该死的冬天
似乎越来越远

新麦

前来
吊唁的人
上过香
烧完纸
磕了头
说得最多的一句话
就是太遗憾了
老爷子都没吃上
今年的新麦

黄　海

1978年生，现居西安。主要作品有诗歌集《穿花裙子的小佳》《乘火车》，散文集《黄石手稿》和短篇小说集《病人》等。

去动物园

我经过那片草食区
看梅花鹿　长颈鹿　斑马
它们低头看着草
我在百鸟园观看
孔雀　火烈鸟　鸵鸟
它们不看人
我隔着铁笼子
看见了狮子　老虎　棕熊
它们盯着看人

在动物园里
我看见了动物群雕
它们是犀牛群雕
河马群雕和大象群雕
有人用手抚摩
它们没有表情
我隔着人，人隔着人
我在动物园看人

千河

高速公路上
汽车奔跑
看到路标写着:
千河湿地公园
我问副驾的王有尾:
能看到千河吗
他说：栏杆和广告牌挡着

过了会儿
我又问王有尾:
千河，你看到了吗
王有尾说:
看不到千河
它在沟里躺着
看不见

那时此刻
一条　蓝色的河流
在导航的地图上
它正从我的侧身
快速而过

牡丹园拍照

早上经过牡丹园去办公室
有人在牡丹旁拍照
他们一边拍
一边说好看
说完后拍
又有人跟拍
都是一些花花草草
我也随手用手机拍了照
不过这次是自拍
有自己头像
背景是苗圃里盛开的几朵花

有一个孩子说，好看
她指了指刚才我拍的那束花
我又拿起手机抓拍了她
刚好有一只鸟
拉的屎落在头发上
春天意外多了一处涂鸦
我把这两张照片
发在微信上

引来一些人点赞
我不知道他们
看到小女孩头上鸟拉的屎了吗

午夜的小区

小区的深夜只剩下
路灯照明
可现的楼房的窗户
有盏灯亮着
透气
保安晃动着手电的光
照在墙上
光，返照在树影里
夜猫果然躲在树上
它听似呜咽的叫声
在春天有些急不可待

深夜漆漆
直到点燃的那根烟
夹着手指间
在燃烧
灼伤到皮肤
一惊到痛
一截烟灰
像连同我的一根手指骨

在这个深夜
弹落在地上
又惊到了另一只夜猫

附近的人

夜晚手机微信上
发现一栏那列
“附近的人”打开后
有好多陌生人的女名字
她们叫火凤凰
甜玉米、美丽诺
这些人与我的距离
是100米内
也可能是10米或者20米
还有200米内距离的
爱的世界、此情可待
和阳光雨露
300米内的小圪塔
你在我心中、我的好身材
以及随性性
这个名字好
头像还是个光背的美女
再远的500米内的
杨媚娘和李思思
她们的签名分别是半老徐娘和此女有夫君

最远的1000米内的名字显示是
入戏太深
不雅照和jdnnd

这些人真有意思
头像都很漂亮
哦，有个头像是
她是我妻子
她曾经的假名
小手冰冰凉
世界原来可以这么小

敲门

邻居是隔壁家的
包裹是一个叫徐伟的
敲门的人我不认识
他敲了好几下
没人应答
他等了会儿
又敲了几下
没人开门
我从猫眼看
门外的这个人
他像站在远处的骷髅
穿着衣服摆动
他刚伸出手
敲打我的门
我问了句你找谁
“徐伟。”
“在隔壁。”

小镇

暮色中升起的尘土
长途汽车正缓慢地停下来
晚安的杂货店
有人敲门
肥胖的人道出商品的价钱
你好，她用方言问候你
沿路的花圈店、小旅馆
要比黑夜的星辰闪亮
它的招牌被风翻来覆去

标语涂写在墙上
无数的脸孔和我一样
青春已去
昏暗的街灯下
那些不可靠的消息
四处张贴，正被经历
路过的人
他们张望
他们到此一游
他们把垃圾和烦躁扔在了

汽车尾气的后面

他们还要去远方
不知道下一个是谁
相比这夜色沉寂的小镇
他们更像经历一场苍老的人
三十年后到此的迟到者
三十年前的人民公社
他们在油灯下写字
没有差别

今天手机打天下
没有差别
但汽车就跑过了
他们到达了这个地方
他们还要去不同的地方
没有差别

写故乡

我喜欢栽种
也喜欢耕田

我喜欢苍老
不喜欢沧桑

我喜欢五谷
也喜欢柴火

我喜欢沧海
不喜欢桑田

故乡，它在喊
几十年来
它从积木到拼图
它从剪纸到涂鸦
在我小时候的游戏
东躲西藏

故乡，它在喊

一条铁路把它
一分为二
一片厂区把它
一分为二
一条公路把它
一分为二
一个人把它
一分为二

何处安身是故乡
当万物长成
它在消失
我却在寻找
自己的房子
那堵墙上过去还写着:
该扎不扎，见了就抓
今年标语改成:
移动手机卡
一边耕田一边打

在小区遇见一只被人抛弃的鹦鹉

在小区遇见一只被人抛弃的鹦鹉
它在歌唱
蜷缩在一片棕榈叶上
它歪头、伸脖地打探
我这个久违的人类
你好。它说
(可是南方方言哦)
我用乡音告诉它
好，好，好
它在哈，哈，哈

这次，它没有学舌
像是终于找回了同类

李　岩

1960年生，1983年陕西师大中文系毕业。自印《李岩素描集》《陕北习作：诗选1985—1996》，出版《削玻璃：1994—2010诗选》，入选《新世纪诗典》（1—6季）、《当代诗经》《1991年以来的中国诗歌》等选本。

巍巍昆仑

这是个电影名字
这不是个电影名字
这是个老掉牙的故事
这也不是个老掉牙的故事
这是一座山
这也不是一座山
这是个神话
这不是个神话

这是大地上走过一支灰色的队伍
这也不是大地上走过一支灰色的队伍
这是他们颂扬的神迹
这也根本不是什么神迹
这是个绕口令
这也不是个绕口令

那些豺狼就是穿得再光堂也没有用

他们就是穿得再干净也没有用
他们就是把一场冰雪
穿在身上也没有用
就是把豺狼皮、狐狸皮、虎豹皮裹在身上
也没有用

他们就是把腮帮子刮得再光再亮也没有用
把脂粉涂得再厚也没有用
这些豺狼们
就是在台上喊破嗓子也没有用
把高音喇叭装进肺活量也没有用
肾功能比牲口还强把三八枪
“缴获一个，俘虏一个”也没有用
他们就是打扮得再花枝招展也没有用
在耳朵上扎着蝴蝶结也没有用
在白衬衣领子上烫上金也没有用
把口红涂在他们屁眼上也没有用

他们就是把善良的人、正直的人、纯洁的人
用丰田霸道当成螳螂压扁也没有用

我年少时见过的那些壮汉哪里去了?

我年少时见过的那些壮汉哪里去了?
那些我在集市上见过的高大、健壮的男人
那些吞糠咽菜、只吃粗粮,干重活儿的人
那些负重的人。高一声、低一声吼喊着夯歌打夯的人
那些用宽阔的脊梁背着巨石缓慢挪动的人
那些山岳一样的艄公。那些“呸呸”在手心唾两口
再搓搓手就来了劲儿的人,那嘿哟嘿哟的人
都到哪里去了?
那大河里的水到哪里去了?时间的上游流到哪里去了?

每到国难当头,清晨的渡口上身着长衫
背着包袱出远门的书生哪里去了?
那磊磊落落石料砌成的旧世界到哪里去了?
村头镇庄的石狮子哪里去了?门楼上的瑞兽哪里去了?
老槐树上叽叽喳喳的喜鹊子哪里去了?

雕花的石榴牡丹的石碾子哪里去了?
精工细作的每一个日子哪里去了?
那粗布而庄重的北方到哪里去了?
那不坑人照旧心安理得活着的人们到哪里去了?

如今，忙死忙活的人们那份安闲哪里去了？
那含泪送别远行亲人依依不舍的目光哪里去了？

削玻璃

削玻璃——这是不可能的
削玻璃——这是不可能的可能
削苹果、削梨、削土豆、削木头
玻璃如何削?
如何削掉玻璃透明的皮肤?
——它只能切割
但我们削玻璃
这是不可能的可能
因为不可能，才可能
但是我们削
像削苹果一样削，像削梨一样削
像削土豆一样削，像削木头一样削
像龇牙咧嘴的小工头，克扣工钱一样削
像小学生削铅笔那样削，削了再削
我们不断削，我们不停削
我们像削玻璃一样削
但不用刀具削，用心削，用手削
用感觉去削，用灵魂去削
正因为不能削，我们才要削
我们削玻璃，我们削

我们在它透明的土地上刨、挖、掘、抠
在边棱上用劲削。咬紧牙关，用疼削

途旅中为旧友写照

一个人扯下
自己的人格
四仰八叉睡在地上
耍死狗。有人试图
为他挽回最后一点颜面
把他从地上拽起时
他乘势将拉稀的人格
喷了你一身
拉稀，成为拉稀者最后定格的肖像

我见过一个时代把裤子穿在上身跳高

我见过一个时代把裤子穿在上身跳高
把上衣穿在腿上跨栏
把背心当裤衩跑百米
把鞋子当手套拳击
把手套穿在脚上
露出探头探脑的脚趾长跑

未来是一块角铁撞进我们的头颅

未来是一块角铁狠狠撞进我们的头颅
我们在风中向它奔跑
它悬挂在前方　它在风中
召唤着我们
包含着我们
吸收着我们
它楔进我们的头颅
——我们的嘴已不会喊疼
它在我们的大脑中继续深入
在那里坚定地住下
阴沉沉的一生　在那里继续生锈
我们心满意足地成为白痴
——嘴角流着幸福的口水

夕阳西下

沙土小路走下
两个灰衣少年僧人
帮我在林间拾掇工具
他们一个十六
憨厚而顽皮
一个十八，眉宇间
有一股慧气
他们来石佛寺有四年了
他们走进林中
在道路拐弯处
我听见他们在石桥下方
溪岸边树丛后面的
嬉闹声

西毒何殇

口语诗代表诗人，小说家。1981年生于陕西，现居西安。著有诗集《人全食》《绿祖国》，译作《在露台上组装天使》。曾获“珠江国际诗歌节”新锐诗人奖，《戴眼镜的老民工》入选英国济慈诗歌协会《人权诗选》并获奖。参与发起“长安诗歌节”，并历任秘书长、主席。

戴眼镜的老民工

工地有三四个老头
老得就像是
刚从土里
挖出来

干活儿很慢
一个栽警示牌的小坑

需要挖一整个上午
没办法
工头说
已经找不到年轻人了

他们很少抽烟
埋头
缓慢地
挖土
他们没了土地
玉米
被挖掘机碾压在土里
还有一些坟
挪到
更靠近河的那边

他们从夏天
干到春天
整个冬天
都在挖土
我每天都能见到他们

跟那些爬脚手架干活儿的

年轻人不同
他们只在平地上挖土
不戴安全帽
却戴着眼镜
每一个
都把眼镜
用细绳子绑在头上

我从没用绳子
绑过眼镜
如果滑下来
我就用多余的手
把它
推上去

卖红薯的人不见了

只剩下烤红薯的炉子
还在路边
自己烤
炉子旁边
排起了长队
可是
卖红薯的人不见了
有个女孩抱着纸盒
有个男人蹲在路上
卖橘子的担子
和臭豆腐车大声吆喝
傍晚的人流
把暮色和行色
挤出汁儿
收停车费的大婶
奋不顾身追一辆企图逃费的奥迪
公交车站
有人打起来了
唯有烤红薯的炉子前

秩序井然

可是卖红薯的人不见了

第三者

我和我的妻子
出了问题
我看不见她

是谁充当了我们之间的第三者?
是雾霾么?
鼻息吹不散它
是镜子么?
我们都照不出自己
初始的表情
难道是一头体形庞大的公牛?

是谁?
让我看不见她
不是白内障式缓慢地看不见
是一下就不见了
可我知道
她还在那里
一定是有什么东西
挡住了我的视线

不是海
我听不见撕裂
不是一粒沙子
我还没有揉红眼睛
就算是一块苍穹无端坠落
也该有尖厉的鸽哨声

究竟是谁?
在那里
像个微型黑洞
扭曲了我们相约亘古的时空
顺便
吞噬了爱情

邻居

楼下
别墅区
不见有人
只有两只八哥
互相问候
你好
你好

无论如何

人类一再证明
父亲终究会和儿子翻脸
上帝创造自由生命
却企图放牧人类的生活
他让水润泽万物
而我们更热爱烈酒的侵蚀
他说光，我们焚烧大海
他说爱，我们把锈迹斑斑的月球
当成野合时助兴的色子
他要赐予，而我们拥有了自己想要的一切
生命之冗长早已成为负累
我们热爱雌性胜过一切父亲
冷静着尖叫，怒斥神圣
掐死所有面向太阳的植物，哈哈大笑
看陌生的老鼠孤悬在黎明低声啜泣
上帝创造自由生命
却尚未学会如何当一个父亲
假使你打开门，看见孩子们在通奸
不要沮丧，也不要浑身发抖
请关上门，带走你的光

把我们留在黑暗里
我们不是你炫耀的奇迹
我们没错

县城好的若干理由

不会在超市结账时
顺手再拎一盒高档安全套
那里只有便宜的
口香糖和可乐

不会发生在出租车上
心脏跟着计数器早搏的险情
上面的数字不跳
永远是“5”
跑远点司机才会告诉你是“10”

你会突然发现
德克士的汉堡如此可口
圣代也有三种口味可供选择
多么神奇

银行不用排队像等狱警叫号放风
吃饭不用排队修指甲喝豆浆
在任何场合
都可以肆意赞美祖国和吸烟

不会遭白眼

在县城
不认识的人会叫住你
打出你的鼻血
再递给你根中华烟随便聊聊
他这是你三年来交的第一个新朋友

从此
你可以视红灯若无物
交警视你若无物
要是有兴致还可以进他的岗亭
坐着说说心里话
就像告解

在县城
上帝从来都宽恕任何人

虚构她

三年级那年
假装半夜继父伸过来的手不存在

初三那年
假装体育老师揽上腰的手不存在

高三那年
假装公车上紧贴身后的老头不存在

大三那年
假装牌桌下舍友男友的脚不存在

新婚那夜
假装肚子里已孕育一月的生命不存在

婚后三年
假装丈夫手机里暧昧的短信不存在

婚后七年
假装公司老板发胖的妻子不存在

婚后十八年
假装与儿子在房间里亲昵的男孩不存在

婚后二十八年
假装子宫内日益膨胀的肿瘤不存在

婚后三十年
假装自己是幸运的一生的孤独和折磨不存在

死前三分钟
假装死亡是痛苦的自己对世界的厌恶并不存在

第三辑 ╱ 白花非花

蛮　蛮

90后，山东兰陵人，毕业于西安外国语大学。热爱自然，喜欢小孩，爱独处，人多会疯，也会脸红，表达能力弱，听伊沙讲课时开始写诗。有诗歌见于《新世纪诗典》《当代诗经》《诗歌周刊》《青年文学》等。

梦

车窗外
田野里
一些人在埋葬
自己的身份证

赫本是个好姑娘

我把手机里的图片放给姥姥看
奥黛丽·赫本在非洲
背上一个瘦如骷髅的男孩
把赫本的话念给姥姥听
要拥有苗条的身材
就要把食物分给饥饿的人
姥姥想了一下　郑重其事地对我说
赫本是个好姑娘
但是你
给我好好吃饭

无题

姥姥不识字
却有一本繁体《圣经》
年纪比我妈妈还要大
我刚学识字
姥姥就让我一半认一半猜
念给她听
听说我毕业
要写一篇
几万字的文章
姥姥惊呼
这得要多大的学问啊
她说　只能这样了
《圣经》给你
那么多笔画
那么多字
总有一个
你能用上

名字

曾经有这样一群女孩子
邻居家姑姑——藏藏
小学二年级同桌——躲躲
五年级同桌——闪闪
侄女——蒙蒙
我——瞒瞒
看着自己修改后的名字:
苍苍
朵朵
姗姗
萌萌
蛮蛮
内心感到某种隐秘的欢愉
与明亮的美好
只有闪闪的妹妹——改改
没有找到中意的字
讨厌死了《新华字典》

笨笨.S.K

原名白小丽，笔名笨笨. Swind. Klily。70后，医务工作者，特约记者。2012年开始诗歌创作，有百余首作品散见于各类报刊，部分入选《当代诗经》《新世纪诗典》《五点半》等选本，并被翻译成英、韩等外文。

无题

吴局长发的微信
每次大家都点赞
吴局长的母亲去世了
大家也点了赞

无题

一位外国朋友
正在中国的一家餐馆
就餐
突然　饭店外面
“噼里啪啦”
响起了鞭炮声

他猛地蹲下
躲进桌子底部
用结结巴巴的汉语
问旁边桌子上的我
革……革……革
命
了

妊娠纹

像鱼
像蚯蚓
像隐形的蝴蝶

这些婴儿种在
母亲身上的
花朵

当你俯身
侧耳倾听时
还能捕捉到
花开的声音
(人类从远古走来的声音？)

袁 源

80后，陕北人。现居西安。写口语诗。坛外诗人。

白大褂

农村办丧事
亲戚多
有时孝服不够穿
就有人去诊所
借医生的白大褂
应急

送殡的队伍中
穿白大褂的人
像是急救来迟的医生

故障

饭店的小便器
出了故障
有人站到跟前
它就开始滋水
我事先不知
吓了一跳
妈的
我还没尿
它先尿了我一身

穿墙术

一个老头穿进去
出来一个姑娘
一个姑娘穿进去
出来一条狗
一条狗穿进去
出来两条狗

清早起来
路过一个小区
看到如此奇幻的景象
我高兴坏了
以为世界终于
可以穿行无阻
生活顿时
有了无限可能

走近才发现
只是小区的栅栏
断了一根铁条
真相令人沮丧
这世界依然是
铁板一块

偏方

从小我就爱流鼻血
也因此掌握了
一些止血方法
凉水敷额头
线扎中指
高举另一侧的手臂
用卫生纸塞
教室里粉笔
也是不错的选择
最独特的
是我外公的办法
走在山里或田间
我突然流鼻血
他不慌不忙
脱下一只布鞋
用鞋底的一侧
摁在我出血的鼻孔上
一通揉搓
鞋底上黄土的味道
阳光的味道

草叶的味道
羊屎蛋的味道
昆虫尸体的味道
混合在一起
直冲鼻孔
令我一阵窒息
令鼻血瞬间倒流

饥饿史

早饭　午饭　晚饭
早饭　午饭
午饭
饭
饣
反

无　用

原名张文科，诗人、业余画家、教师，1978年生，陕西宝鸡岐山人。2000年后开始接触到真正意义上的现代诗歌和口语诗，并尝试汉语诗歌的口语化写作，坚持汉语诗歌的先锋精神，创作至今。作品曾入选《新世纪诗典》。

当你感到孤独的时候就去医院走走

我的呼吸
有苏打水的味道
我孤寂的内心
有如医院空荡荡的走廊
一层是妇产科
经过它的时候
能听到婴儿的啼哭
看到脸上挂着微笑的护士

二楼是骨科
一个病号拄着拐杖目光呆滞地看着你
三楼是耳鼻喉科
两个哑巴打着手语
四楼五楼六楼
七楼是消化科
忽然听到一声凄厉的哀号
八楼是手术室
外边提示
正在手术
再往上就是楼顶了
没有找见太平间
趴在楼顶往下看
地上有一摊血
一抬手
几乎可以摸到天堂的脑门了

月亮、窗户、我

这一生
我和月亮
和窗户
结下了不解之缘
吃饭的时候
睡觉的时候
搭车的时候
我已经习惯靠着它们
我已经不习惯
有月亮
有窗户
而没有我在的时候
或者
有我在
有月亮
而没有窗户的时候
或者
有我在
有窗户
而没有月亮的时候

其实有没有它们都无关紧要
我可以哄自己说
月亮正躲在云朵背后睡大觉呢
外边刮大风窗户不能开
你就乖乖地待在这里马上就会好

什么也没有的时候
我就在墙壁上画一扇窗
一个月亮
再虚构一个我
更多的我
更多更多的我
满屋子的我

满屋子的我
在屋子里吵架

斗鸡眼

早上起来照镜子
发现不对劲
右眼不停地跳动
一会儿跑到
左眼的位置
一会儿跑回
原来的位置
一会儿跑到
下巴的位置
一会儿跑到
额头上
一会儿满脸追逐
扭打在一起
成了斗鸡眼
变成了斗鸡眼的我
和镜子里面的斗鸡眼
相互瞅着
慢慢趴下
学狗叫

景　斌

1953年生，1983年开始发表作品。著有诗歌、散文、长篇小说、中短篇小说集等十余部，是多部电视剧的编剧。

人性

一位失手的醉汉杀死了自己的朋友
出事现场惨不忍睹
监狱里
他一直都在想
刀子怎么进去，怎么出来
想着想着就发疯
就大叫
完全成了一个杀人犯的样子
临行刑的那天
突然的忏悔让他低下头
既然愚昧摘取了一个人的光明
何不用点真诚弥补

献出两只眼睛
再搭上一颗功力无穷的好肾
所有的人全都投去蔑视——
有这样的良心
怎么会有了当初
尖厉的喝斥
驳回剩余的自尊
于是他只能向前走
戴着脚镣
背影仍是一个杀人犯的样子

法门寺

在这般寒冷的季节
我领朋友过来
仅为一件事
我只想
让他们看看
在万众
争相膜拜的
热闹之地
雪已悄然落下
珍藏得很深的佛骨舍利
与落在地上的雪
都很肃静

敌营长

从昨天晚上
敌营长就钻进键盘中
一遍遍地干着坏事
当然
是我让他这么做的
我让他去村子里放火
强奸妇女
往人身上扎刀子
然后掠走老百姓的牛
然后生吞那只老母鸡……

他都做了
而且做出了精彩
后来我对着一大段文字瞅了瞅
还行（我是说很生动）
唯独一样不尽人意
那就是
连我都忘了具体的年代

鱼塘

这是一个
不规则的大坑
后来积了雨水
后来就成了鱼塘

据村里人说
战争年代
它是一枚巨型炸弹炸出的

这一传闻
被人
制作成牌子:
此塘属1941年
日本人建造

程　涛

经济学硕士，西安广播电视台财经主播、西安市图书馆流行音乐史专家讲师。曾辑个人诗集《怀念我会飞的前生》、合集《八宅一生》。诗歌作品选入《1991年以来的中国诗歌》《新世纪诗典》。

笑话

作为一个老笑话
我被酒吧里的客人
讲了很多遍
有时候会加进一些作料
或者加进一些颜色
加进一些坏情绪
加进一段案件
加一个醉汉进来

加一个女人进来
加一把枪进来
而今夜
我只是一个
坐在吧台前等人的
赤裸裸的笑话

百度我

在百度上敲了个“程涛”
有一个我跟我在同一座城市
做网商
有一个女我是人大代表
常常代表我们在北京拍照留念
有一个名教授的我被逮住
抄学生的论文
有一个惊恐的我蹲在工地的深井里
等待救援
有一个我小长假在香港
遭遇了围攻
那是作为和尚的我
挽着心爱的姑娘在深水埗逛街
有一个我比较凶猛
开着公务车以二百五十公里的时速
冲进了菜场碾死了鸡鸭各二十多只
酒精测试我
显示我真的陪领导开了一晚上会
还有一个我很让我感动
在山里支教三年

现在躺在肿瘤医院等待捐赠
我叹了口气坐起身来
把工资卡上仅有的两千元
打给了我

跟上帝谈谈

房顶在漏雨
我仰着头希望跟上帝谈谈
看见一头小兽
已经出现在天花板
这头温热的野兽默不作声地
与我对视
它自由地生长，迅速在长大
我希望跟上帝谈谈
请他收回这头暴虐的兽
不要让它吞噬我的家
请考虑考虑我的焦虑
我生活的不易
我上司的嘴脸
我妻子的唠叨
我儿子的作业
我工资的衰减
我邻居的斜视
我内衣的陈旧
我眼镜的胶布
我熄灭的抱负

我栖身的废街
我离去的恋人
我背叛的故乡
我吐出的空气
上帝一定听到了我的抱怨
很快扔下来一块墙皮

芽　子

出门爱招猫逗狗，常做它们的床榻。写诗时把自己置于半清醒状态，清醒的一半问自己，我能不能这么写，另一半不清醒的告诉自己我就要这么写。

两具骷髅的爱情

它们要接吻
没了舌头
它们想难过
没有眼泪

那就紧紧地拥抱
用力地吻

骨头响了

骨头裂了
骨头碎了

路过的人看见
将它们扫在一起
只是一堆白骨
埋入同一个土坑

写一首诗想象我的死亡

我躺在水晶棺材里
等待吻遍全身的火焰
和一铲子滚烫的灰

我看见母亲已昏去数次
像拉线木偶提起又放下
我看见朋友死去活来
像不倒翁东倒西歪

唯独我平静地躺着
不哭　不笑

我看见跟我做过爱的男人们
或爱我或不爱我
表情神秘又复杂
而我已不能在床笫间表达爱意

你们在水晶棺材外
生动地哭闹
仿佛我要带走你们的命

我在水晶棺材里
平静祥和　穿戴整齐　端庄美丽
仿佛出嫁的新娘

市井猫

一只猫
卧在串串店门口
毛发随意炸起
端着一张扑克脸
和它头顶几年没换的门头
气质很像

每一位进店的客人
从头看到脚
每一位出店的客人
都一声喵叫

让我想起了
短斤少两的水果摊小贩
起早贪黑的菜市场老板
浓妆艳抹的洗头房小姐

喵
常来啊

叶　子

原名叶拴林，生于1970年，陕西宝鸡人。1986年辍学出走西北，2010年后回乡安心务农。有作品入选《新世纪诗典》《中国口语诗选》等。

血社火

正月里耍社火
个子碎　我站在人前头
队长说　把这孙子绑了
几个娃娃伙高高过来
给我安装上木腿
我说我不会走路
队长说　不行
我说　我真的不会走路
队长看我额颅上冒汗　就说

那就装死狗
几个娃伙过来　把我的腿卸了
我坐在墙上
他们端着颜料跳来跳去
围住给我画脸谱
好了么　我问
日你先人　别说话
过了一阵阵我又问
好了么
日你先人　画歪了你赔呀
我叫人家架到三奔子上
低头
我低头
不准动弹
我不动弹　就这么
三奔子跟在锣鼓后头
锣鼓跟在秧歌后头
一路上吹吹打打
到了政府门口　镇长笑着放炮
说了些表扬的话　也可能
说了一些批评的话
我看见队长点头哈腰
他们朝三奔子望着

这个额颅上镶着一把斧头的人
有人指指点点
有人说我死了
有个碎娃娃捂住眼睛
我认为很成功
我一动不动

注：第二行的“个子碎”是陕西方言，指人身材矮小，个子低。

无题

把一朵白花别在墙上
白花消失了白花非花
成了白墙而白墙非墙
只有光光很白
像风风很白
只有白
很香

案底

大水下来了，带着
土。树（或曰木头） 塑料 避孕套和针 唯独没
有带
人
我开始拨打110
喂 是110吗 桥洞发现一具男 尸 诗 屎！？
非本地户口 身份可疑
请求予以
验证

朋友捅捅我：“歪
你报假案呀……”
我用目光计算着距离
说来得及
等他们赶来
我正好卡在那里

吴　冕

1996年生于陕西铜川，现就读于长安大学地测学院。

骨头

一些不知道是什么动物的骨头
在沸水里翻来覆去练习游泳
紧接着，骨髓小心翼翼渗透而出
染白了一锅水
我用筷子戳了戳这些骨头
有的坚硬，难以撼动
有的一煮就软，一戳就透

在上帝的厨房里
多的是这种生物的骨头

廖兵坤

苗族，1992年生，重庆彭水人。曾就读于陕西师范大学，有作品入选《新世纪诗典》《诗歌月刊》《民族文学》等。有诗集《保持身份》。现居重庆。

保持身份

那次吃面
往里加了很多辣椒
旁边的人惊讶地看着我
临走时说，“我觉得
你像重庆人”

从此以后
每次吃面，我都加三勺辣椒
以保持身份

第四辑 / 失恋的鸽子

阎　安

1965年8月生于陕北延安。《延安文学》总编，先后出版作品《与蜘蛛同在的大地》《乌鸦掠过老城上空》《境况》《鱼王》《玩具城》等。2013年获海峡两岸诗会“桂冠诗人奖”。2014年诗集《整理石头》获第六届“鲁迅文学奖·诗歌奖”。

鸟也喜欢低矮的地方

我见过飞行中的鸟
我相信飞行的本性是向下的
作为一种命运　飞行更能说明
事物向下的本性并不可耻
鸟们也是上帝的孩子

我曾注意观察鸟在低矮处的情景

在低处　就着半浑半清的一处水潭
鸟们随意地洗濯洗濯凌乱的羽毛
随意地喝上几口润润嗓门
之后
一只鸟和另一只鸟
在几根乱草之下随意地捉捉虫儿
或者连虫儿也不捉
只是无声地挤在一起
挤了又挤　表达同类间的情意
包括那些性格孤僻的鸟
它们离群索居　形影相吊的样子
就像人类自己的孩子
同样惹人爱怜

正如我相信飞
我也相信　我们更了解低处的事情
飞行之外
鸟也喜欢低矮的地方

风一样轻的叙述从何而来

把犁铧从大地上移开
他曾被父亲的荆条在山上毒打
在烈日光焰轻掠的山上
父亲的手掌比烧成黑色的石块
更毒辣　更有心计
在开始成为一个烧瓷师傅之前
他曾做过黑砖厂的制坯伙计
也曾在机械厂干过一阵子填煤工
给巨大的钢炉中加煤
把握火候的力量是很难的
他曾在火中熬干九条河流
年复一年　血和汗交相挥洒的日子里
他知道了九条大河消逝的秘密
当九条大龙在他的梦中反复出现
当梦中的九条大龙开始与九只凤凰嬉戏
也开始和他嬉戏的时候
作为讲述者　他从此确定了讲述父亲
也讲述自己的方式
——风一样轻而不轻
和事物消失时烟雾一样简洁的方式

刘亚丽

生于20世纪60年代，祖籍陕西横山。在《人民文学》《十月》《作家》《青年文学》《诗刊》等海内外报刊发表诗歌、散文、小说四百余首（篇）。《中国文学》英文版、法文版、日文版做过专题介绍。荣获“人民文学诗歌奖”等数十项大奖。出版诗集《生命的情节》《我的情诗》《水晶香片》，散文集《一地花影》等多部。

美好的上午

一样的晴朗天空
一样的明亮阳光
淡绿色的纱质窗帘照常拉开
它在两边一如既往地轻微抖动
今天上午仿佛昨天上午
今天上午也相似于明天上午

为什么偏偏今天上午这样的好啊
身体的每个毛孔都想放声歌唱

是谁在今天上午
拿走了我的晦暗和浑浊
拿走了我的枯枝与败叶
落花谢了一朵又开了两朵
流水携着新雨又流了回来
是什么样的不明原因
让我开口赞美习以为常的天空习以为常的阳光
还有那随风抖动的窗帘
我还要开口赞美我那
被春天的花粉挑逗的咳嗽
赞美硬塑料瓶子里沙啦啦乱响的白色药粒

你从黎明的马槽里飘来
从香料和麻布中飘来
从波涛汹涌的海面上飘来
你坐在我的对面
让这个上午无限地好
让我无限地好
你们千万不要把他猜想成一个人
那不是一个人
那怎么会是一个人

我有什么地方打动了你

U 形的沙发上坐满了熟人
我勤快地端茶送水
和他们无拘无束地笑谈
我的从容源自那些随意的眼神
人人都恰到好处地控制着目光
安置在让人气定神闲的范围
只有你用异样的眼神盯紧了我
你的目光直冲冲地逼过来
像泼出去的水一样不可收拾
你那样疼痛不已地看我
我有什么地方打动了你

我们见了那么多次的面
说过那么多的废话
我们彼此交换过眼神
那是朋友和熟人最常见的眼神
为什么在我放声大笑之后
在我低头为你续上茶水之后
你突然用那样不可收拾的目光盯紧了我
风光已收敛，水土已流失

我再不会一阵慌乱地把水洒出去
我会有什么地方打动了你

太阳落下去了
电灯亮起来了
我们一伙人到亮晶晶的酒楼用餐
一些清绿的黄瓜苦菜西蓝花
一些酱色的牛肉艳红的龙虾银白的鲤鱼
有滋有味地端坐在人的中间
你坐在我的对面
再次用疼痛不已的目光盯紧了我
我老了。你看我的头发大把大把地脱落
脸也快挂不住了
有太阳的光就足够我挥霍了
我还要别的光做什么

白　立

1963年出生，《秦岭文学》执行主编。作品入选《当代诗经》《新世纪诗典》《陕西诗选》等数十种选本。出版散文集《为了梦中的椰子树》，诗集《西部之恋》《一个被漠视的诗人》《诗歌的普及》等。

我是一个被漠视的诗人

我是一个诗人
可我写的诗是什么
没人关心，无人知道
人们称我为诗人
但抛弃我的诗
就像抛弃应有的记忆
我耗尽了自己的一腔热血
写诗，却湮灭在层层的

被人遗忘里
像阴影，再被狂爱纠缠到窒息

我写的诗虽然没多少人知道
但却存在着
像水蒸气，蒸发着
进入轻蔑和喧哗的一片虚空
进入清醒的梦幻里
丝毫没有生命的意义
似乎也没有任何乐趣
只有巨大的我生命的尊爱
一钱不值
像是狗屁

即使我最亲密的爱人
也不关心
甚至不如说
比其他人还要
漠然视之

马来人可以乱开枪

在马六甲的古炮台上
马来籍的华裔导游告诉我
大马国宪法规定
在婚姻上
马来人是有特权的
他们可以娶四个老婆
在家里可以乱开枪
华人不行
说完后她狡黠地笑了

我立刻告诉她
那华人必须开炮

蚊子的血与死

蚊子是一种奇怪的动物
它只能以吸人血为生
咬不到人的肉
只能吸人的血
昨夜　我一把打在自己的肩上
只为消灭一只可恶的蚊子
我沾了一手的血
看着自己的血我叹道
死是蚊子的死
血全是我自己的血

我竟然一时眩晕于
自己的血
与蚊子的死
我在想
为什么蚊子以血为食
它只吸别人的血
却一点也没造出自己的血
或许它也有血
是另一种颜色的血

李卫华

字佩林，曾用笔名八丈、八川。1969年5月14日出生。文学爱好者，偶有诗歌散文发表。喜摄影，自制小孔成像相机，摄影作品参与“碰撞——巴黎与西安”等艺术展。

会议室的花

有天晚上
我听见
会议室的花
在开会
说的都是
惊心动魄的
秘密

地雷

在S21高墙外的土路上
小姑娘拄着拐
推着一辆破旧的轮椅
轮椅上的父亲和小姑娘
两个人
只有
一条腿
我们的司机兼翻译阿康说
地雷呀，地雷炸的呀
我们柬埔寨
有世界闻名的吴哥
有世界闻名的榴莲
还有
世界闻名的
地雷
在我们的很多村子
都是用人踩排雷
人走过炸了
这里就可以走路
到雨季　也不一定

泥水会带着地雷
转移
又需要
有别的人
来踩

注：S21是红色高棉时期，柬埔寨著名的杀人场。

阴历

阴历十月一将近
烧纸的人　和
烧过的纸钱的　灰
占据了十字路口的
人行道
我小心走过
怕踩了人家
画好的圈
十字东北角
一家单位院墙的
拐角
拾荒人
也点了　一堆火
给自己
取暖

魏　娜

陕西陈仓人，生于20世纪70年代。偶尔写诗，偶尔淋雨，偶尔盛开。

或者，不是变态

我挂在外面晾晒的胸罩
又丢了。与内裤一样
性感的黑色、浪漫的粉红
这次是火红
我赞叹着，那个偷儿
在颜色上的喜好
竟与我如此相同？！

联想

游泳馆里
走进来一个美女
身材高挑
皮肤白皙
性感的大腿外侧
纹着一个樱桃小口，高挽发髻
穿着和服的日本女子
日本女子随着美女的走动
也跟着活动了起来
很想制止她下水
虽然我知道没有这个权利
我只是想这是我们的水
水上的，是我们的岛

刘　斌

1990年生于南泥湾。金牛座，编过杂志，开过面馆，会写诗和小说。

方石

楼下有一块石头
四四方方
巴掌大小
好几个月了
它躺在那儿
侧面与墙成三十度角
一动不动
清洁工也不清理它
大概它太像谁掉落的

吃进去的东西哪一部分变成了指甲

我租住在一间厨房里
地板刚好够我躺下
晚上翻身
手就能放进橱柜
住了一周我的指甲
比以前长得快了很多

李海泉

青海人，生于1991年，毕业于西安外国语大学。

河岸上的赵小丫

很小很小的时候
河边的月亮很大很大
村口的狗子比我大
我们为了河岸上的赵小丫
一头扎进冰冷的河底
成片成片的鱼儿们
发困地，都睡着了
我为了能比狗子多捞一些
提前一晚上
用细草绳
把那些长长胡子的麻麻鱼

牢牢地
拴藏在深灰色的石头下面

刘二铁

患个痴呆症都那么久
握不住半块黄冰糖
我拉他到田野上
我给刘二铁
编了些漂亮的小辫子
他还来回地和田鼠抢粮食
麦垛两边我们捉迷藏、猜谜语
输了就告诉他，我喜欢的男人的名字

我想吃鸽子肉的时候
他照例爬上了房梁上的鸽子屋
那次他在低头玩毛毛熊
我突然想叫他一声“亲爱的”
但，我的那个刘二铁爸爸
随那些深秋失恋的鸽子
起飞了

锤　子

写作者，著有*Bad Time for Poetry*：*Mr Chui*（《诗歌的坏年代：我的名字叫锤子》）、《昨日不辞而别：废都摇滚记忆1990—2014》《性瘾》。纪录片作品《西摇记》。

打死她

你打我
你打死我吧
你打
你打你打
女人歇斯底里
她说
你打死我吧
她说
你打

她说
你打你打
她重复
她不间断
你打
你打你打
像是命令
你打死我吧
像是哀求

罗　至

陕西米脂人。作品入选于《中国新诗年鉴》《新世纪诗典》等十数种年选，发表于中国台湾《笠》、纽约《一行》及《诗刊》等海内外刊物。出版有诗集《掌中之树》。

试衣录

我对衣服没有特殊的嗜好。恋旧
是我对它最好的报答。往往一件衣服
在几年里的同一季节，都会与我相伴。直到今天
妻子拉我去买一件新的，我仍是半推半就
到了商城，面对热情有加的衣服模特
我忍不住直冒虚汗。试衣镜里
那个装腔作势的人，那个
面目全非的人，那个莫名其妙
的人，让我丧失信心。妻子满腹狐疑

掂量着我试过的每一件衣服，说：“怎么
分量都比试前重了呢？”而我自己发觉
试过几件衣服之后，我的身体明显消瘦了许多
有些部位，甚至露出了骨头
妻子继续嘀咕：“这地方，一定有什么
不可告人的秘密。”
我一阵发懵，慌忙穿好旧衣服，与妻子
迅速逃离了商城

尚飞鹏

作家、诗人、小提琴手。先后毕业于西安音乐学院小提琴专业、榆林学院中文系。著有诗集《情王》《情后》《舞者》《蓝调》《双乳》，文论集《说话》等。诗集《情王》获陕西省第八届“文学奖”。

两把短刀的下落

2005年冬天　在新疆买的两把短刀
安检的时候查出来了
扣留在送我去机场的老兵手里
从此　我与它们分居异地

我时常想起这两把刀
想起这两把刀就想起了老兵
想起了老兵就想起了新疆

这也是我留在新疆的一点牵挂

我不知道这两把刀的下落　现在刀
究竟在谁的手上 刀出鞘了没有　刀见血了没有
还是乖乖地躺在鞘里睡大觉　我都不知道
这两把刀成了我的心病

老兵肯定把这事给忘了
他就不用脑子想　我在老远的新疆
买了这两把刀容易吗
我为什么　买了这两把刀

他一定没有看出来
这两把刀的奥妙　这两把刀的美丽
这两把刀闪闪发亮　锋芒毕露
沉睡在他的身边　有多么危险

实际上他误了我的大事
在兵荒马乱的岁月　害人之心不可有
防人之心不可无　它俩若躲在我的身边
多么安全　老虎不吃肉名声在外　一定是利多弊少

我时常想起这两把刀　这两把刀的下落

成了我的心病　我担心它俩
在寂寞难耐的深夜　偷偷溜出去
在附近的夜市露一手　亲自拿牛肉充饥

图书在版编目（CIP）数据

中国先锋诗歌地图. 陕西卷 / 西毒何殇主编. -- 成都：四川文艺出版社, 2017.8
ISBN 978-7-5411-4668-8

Ⅰ. ①中… Ⅱ. ①西… Ⅲ. ①诗集 – 中国 – 当代
Ⅳ. ①I227

中国版本图书馆CIP数据核字（2017）第100911号

ZHONGGUO XIANFENG SHIGE DITU SHANXIJUAN

中国先锋诗歌地图 · 陕西卷

西毒何殇 主编

策划出品 磨铁图书
责任编辑 卢亚兵
特约监制 里 所
特约编辑 胡瑞婷
装帧设计 韩 冰

出版发行 四川文艺出版社（成都市槐树街2号）
网 址 www.scwys.com
电 话 028-86259287（发行部） 028-86259303（编辑部）
传 真 028-86259306

邮购地址 成都市槐树街2号四川文艺出版社邮购部 610031
印 刷 河北鹏润印刷有限公司
成品尺寸 135mm × 210mm 1/32
印 张 7.25 字 数 110千
版 次 2017年8月第一版 印 次 2017年8月第一次印刷
书 号 ISBN 978-7-5411-4668-8
定 价 42.00元

中国先锋诗歌地图书系

第一批出版书目

北京卷·陕西卷·天津卷·广东卷·广西卷

磨铁读诗会